Yaprakbiti çok küçük bir böcek türüdür.
Yaprakların suyunu emdiği için yapraklar kurur ve ölür.
Uğurböcekleri, yaprakbitleriyle beslenmeye bayılır.
Bu da ağaçlar ve tüm yapraklı bitkiler için iyi bir şeydir.
Bu kitabı tüm uğurböceklerine adıyorum.
Yaşasın uğurböcekleri!

26 Yaşında

Eric Carle
Huysuz Uğurböceği
The Grouchy Ladybug
Türkçesi: Nil Gün

Yayın Yönetmeni: Nil Gün
Editör: Seda Kostik

ISBN 978-975-275-335-8
12. Baskı, Haziran 2021
1. Baskı, Nisan 2016, İstanbul

Resimleyen: Eric Carle
Sayfa Düzeni: Ebru Öner

İnkılâp Kitabevi Baskı Tesisleri
Çobançeşme Mah. Altay Sok. No: 8 Yenibosna-Bahçelievler-İstanbul
Tel: 0212 496 11 11
Sertifika No: 44066

Kuraldışı Çocuk
Fener Kalamış Cad. No: 93/8 34726 Kadıköy-İstanbul
Tel: 0216 449 98 05 pbx Faks: 0216 348 00 69
kuraldisi@kuraldisi.com
Sertifika No: 43891

Dağıtım
Alemdar Mah. Çatalçeşme Sok.
No:25 Çatalçeşme Han Cağaloğlu-İstanbul
Tel: 0212 513 81 57 Faks: 0212 511 62 52
İnternet Satış: www.kuraldisi.com

Huysuz Uğurböceği

Eric Carle

Türkçesi: Nil Gün

Bir gece vaktiydi. Bazı ateşböcekleri ayın etrafında dans ediyordu.

Sabah saat beşte güneş doğdu.
Sol taraftan, sevecen bir uğurböceği uçarak geldi. Üzeri yaprakbitleriyle dolu bir yaprak gördü ve kahvaltıda bu yaprakbitlerini yemeye karar verdi. Tam o sırada sağ taraftan gelen huysuz uğurböceği de aynı yaprağa kondu.
O da yaprakbitlerini görmüştü ve onun da kahvaltı saati gelmişti.

“Günaydın” dedi sevecen uğurböceği.
“Git buradan!” diye bağırdı huysuz uğurböceği.
“Bu yaprakbitlerini ben yemek istiyorum.”
“Paylaşabiliriz” dedi sevecen uğurböceği.
“Hayır! Onlar benim, hepsi benim” diye bağırdı huysuz uğurböceği. “Yoksa yaprakbitleri için benimle kavga mı etmek istiyorsun?”

Sevecen uğurböceği, huysuz uğurböceğinin gözlerinin içine bakarak “İlle de istiyorsan neden olmasın?” dedi nazikçe.
Huysuz uğurböceği bu beklenmedik tepki karşısında geri adım attı.
Şimdi kendinden daha az emin görünüyordu.
“Ay, benimle kavga etmek için yeterince büyük değilsin” dedi.
“Peki, o zaman sataşmak için neden daha büyük birisini bulmuyorsun?”
“Bulurum elbette!” diye cıyakladı huysuz uğurböceği.
“Görürsün sen gününü” diyerek şişindi ve uçarak uzaklaştı.

Saat altıda bir yabanarısıyla karşılaştı. Ona “Hey, sen” diye seslendi huysuz uğurböceği. “Kavga etmek ister misin?” “İlle de istiyorsan” diye yanıt verdi yabanarısı iğnesini göstererek. “Yok yok, sen yeterince büyük değilsin” dedi ve oradan hızla uzaklaştı huysuz uğurböceği.

Saat yedide bir
geyikböceğiyle
karşılaştı. Ona
"Hey, sen" diye
seslendi huysuz
uğurböceği.
"Kavga etmek
ister misin?"
"İlle de
istiyorsan" diye
yanıt verdi
geyikböceği
keskin çenesini
kocaman
açarak.
"Ay, sen
yeterince büyük
değilsin" dedi
ve oradan hızla
uzaklaştı huysuz
uğurböceği.

Saat sekizde bir
peygamberdevesiyle
karşılaştı. Ona
“Hey, sen” diye
seslendi huysuz
uğurböceği. “Kavga
etmek ister misin?”
“İlle de istiyorsan”
diye yanıt verdi
peygamberdevesi,
uzun ön bacaklarını
ona doğru uzatarak.
“Ay, sen yeterince
büyük değilsin” dedi
ve oradan hızla
uzaklaştı huysuz
uğurböceği.

Saat dokuzda az kalsın bir serçeyle çarpışıyordu. Ona "Hey, sen" diye seslendi huysuz uğurböceği. "Kavga etmek ister misin?" "İlle de istiyorsan" diye yanıt verdi serçe sivri gagasını açarak. "Hımm, sen yeterince büyük değilsin" dedi ve oradan hızla uzaklaştı huysuz uğurböceği.

Saat onda bir ıstakoz gördü. Ona "Hey, sen" diye seslendi huysuz uğurböceği. "Kavga etmek ister misin?"

"İlle de istiyorsan" diye yanıt verdi ıstakoz kıskaçlarını uzatarak.

"Ay, sen yeterince büyük değilsin" dedi ve oradan hızla uzaklaştı huysuz uğurböceği.

Saat on birde bir kokarcayla karşılaştı. Ona "Hey, sen" diye seslendi huysuz uğurböceği. "Kavga etmek ister misin?"
"İlle de istiyorsan" diye yanıt verdi kokarca kuyruğunu yavaşça havaya kaldırarak.
"Pöf, sen yeterince büyük değilsin" dedi ve oradan hızla uzaklaştı huysuz uğurböceği.

Öğlen saat on ikide avını sımsıkı sarmış bir boa yılanı gördü. Ona “Hey, sen” diye seslendi huysuz uğurböceği. “Kavga etmek ister misin?” “İlle de is-s-s-ti-yorsan” diye tısladı boa yılanı, “öğle yemeğimi bitirir bitirmez.” “Ay, sen yeterince büyük değilsin” dedi ve oradan hızla uzaklaştı huysuz uğurböceği.

Saat birde bir sırtlana rastladı. Ona "Hey, sen" diye seslendi huysuz uğurböceği. "Kavga etmek ister misin?" "İlle de istiyorsan" dedi sırtlan ürkütücü bir kahkaha atıp dişlerini göstererek. "Hımm, sen yeterince büyük değilsin" dedi ve oradan hızla uzaklaştı huysuz uğurböceği.

Saat ikide bir gorille karşılaştı. Ona "Hey, sen" diye seslendi huysuz uğurböceği. "Kavga etmek ister misin?"
"İlle de istiyorsan" dedi goril göğsünü yumruklayarak. "Ay, sen yeterince büyük değilsin" dedi ve oradan hızla uzaklaştı huysuz uğurböceği.

Saat üçte bir gergedana tosladı. Ona "Hey, sen" diye seslendi huysuz uğurböceği. "Kavga etmek ister misin?"
"İlle de istiyorsan" diye yanıt verdi gergedan boynuzlarını aşağı indirip dövüşmeye hazır olduğunu göstererek.
"Yok yok, sen yeterince büyük değilsin" dedi ve oradan hızla uzaklaştı huysuz uğurböceği.

Saat dörtte bir fille karşılaştı.
Ona “Hey, sen” diye seslendi huysuz uğurböceği. “Kavga etmek ister misin?”
“İlle de istiyorsan” dedi fil ve hortumunu kaldırdı kocaman fildişlerini göstererek.
“Ay, sen yeterince büyük değilsin” dedi ve oradan hızla uzaklaştı huysuz uğurböceği.

Saat beşte bir balinaya rastladı. Ona “Hey, sen” diye seslendi huysuz uğurböceği. “Kavga etmek ister misin?” Balina yanıt bile vermedi. “Ay, zaten sen yeterince büyük değilsin” dedi ve oradan hızla uzaklaştı huysuz uğurböceği.

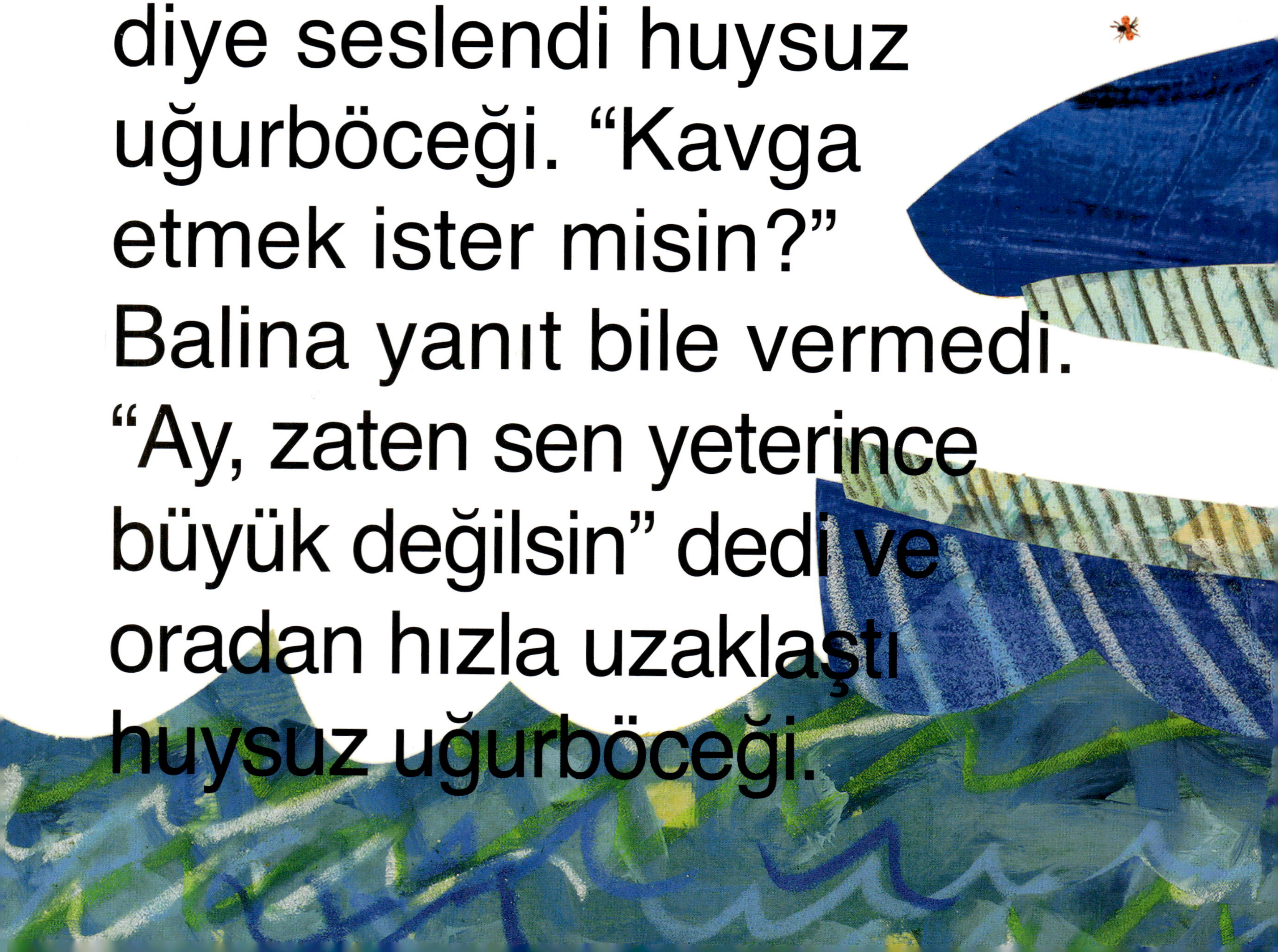

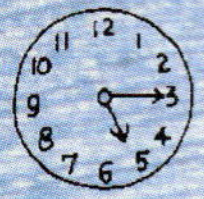

Saat beşi çeyrek geçe balinanın yüzgeçlerinden birine "Hey, sen" diye seslendi huysuz uğurböceği. "Kavga etmek ister misin?"

Ama yine hiçbir yanıt almadı ve uçmaya devam etti.

Saat beş buçukta huysuz uğurböceği balinanın diğer yüzgecine seslendi.

"Hey sen!"
"Kavga etmek ister misin?"

Ama yine hiçbir yanıt almadı ve uçmaya devam etti.

Saat altıya çeyrek kala huysuz uğurböceği balinanın kuyruğuna seslendi.
"Hey sen!" "Kavga etmek ister misin?"

Ve balina, kuyruğunu sallayarak huysuz uğurböceğine kocaman bir ŞAPLAK attı...

Huysuz uğurböceği, şaplağı yiyince denizin üzerinden savrularak karaya doğru sürüklendi.

Saat altıda, huysuz uğur böceği, başladığı noktaya geri dönmüştü.

“Ah, döndün demek” dedi sevecen uğurböceği. “Çok acıkmış olmalısın. Hâlâ yaprakbiti var. İstersen akşam yemeğinde yiyebilirsin.”
“Oh, teşekkür ederim” dedi ıslak, yorgun ve aç uğurböceği.

Bir süre sonra tüm yaprakbitleri bitti.
“Teşekkür ederim” dedi yaprak.
Her iki uğurböceği de “Bir şey değil” dedi ve uykuya daldı.
Gün boyu uyuyan ateşböcekleri, dışarı çıkıp ayın etrafında dans etmeye başladılar.